獻給艾力克利斯
——亞當·雷克斯

獻給我的父親
——克萊兒·基恩

♥iREAD

為什麼？

文　　　字	亞當·雷克斯
繪　　　圖	克萊兒·基恩
譯　　　者	游珮芸
責任編輯	林芷安
美術編輯	杜庭宜

發 行 人	劉振強
出 版 者	三民書局股份有限公司
地　　址	臺北市復興北路 386 號 (復北門市) 臺北市重慶南路一段 61 號 (重南門市)
電　　話	(02)25006600
網　　址	三民網路書店 https://www.sanmin.com.tw

出版日期	初版一刷 2020 年 8 月
書籍編號	S859331
I S B N	978-957-14-6888-4

亞當‧雷克斯／文

克萊兒‧基恩／圖

游珮芸／譯

三民書局

在（ㄗㄞˋ）大（ㄉㄚˋ）賣（ㄇㄞˋ）場（ㄔㄤˊ）......

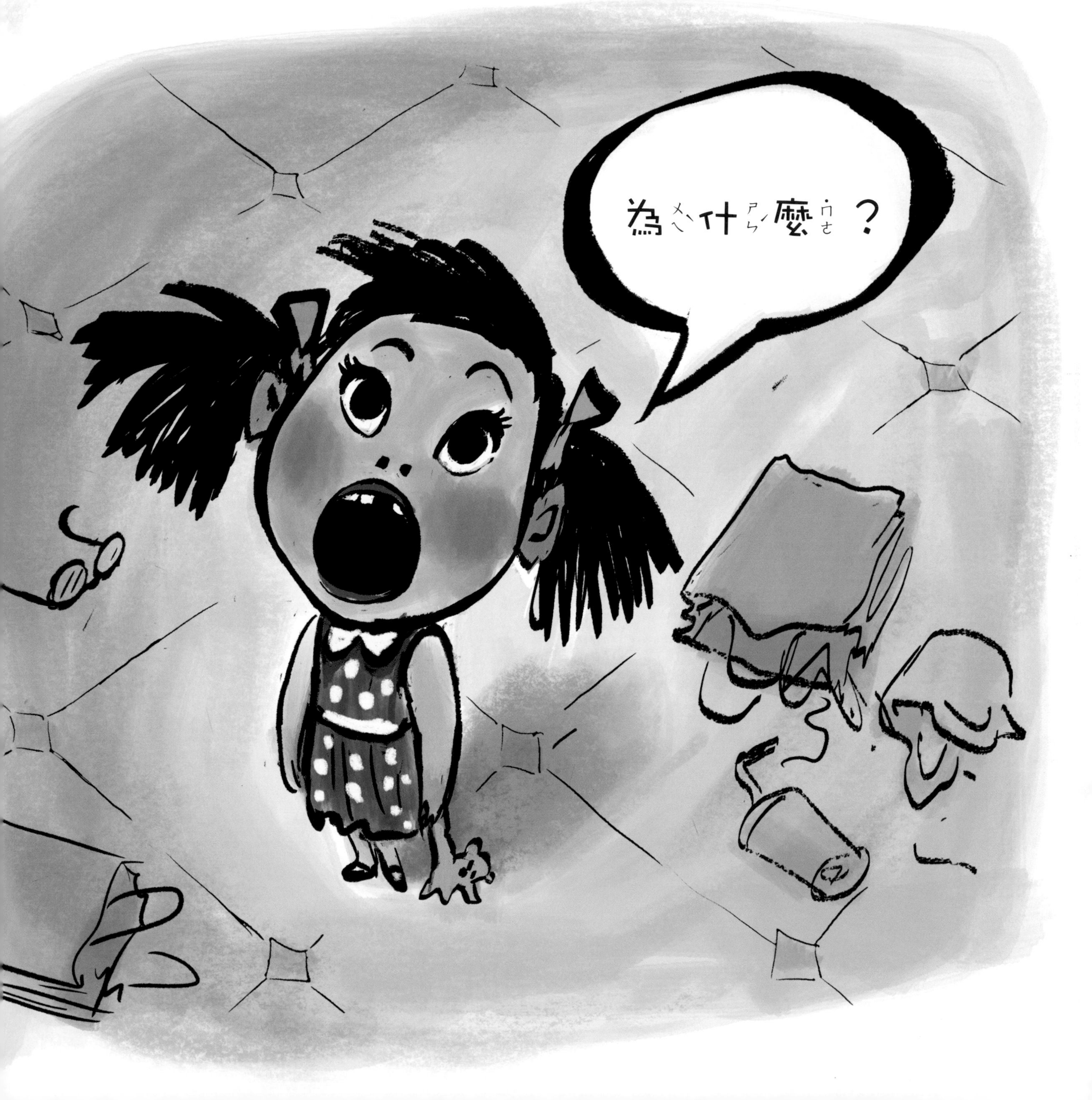
為什麼？

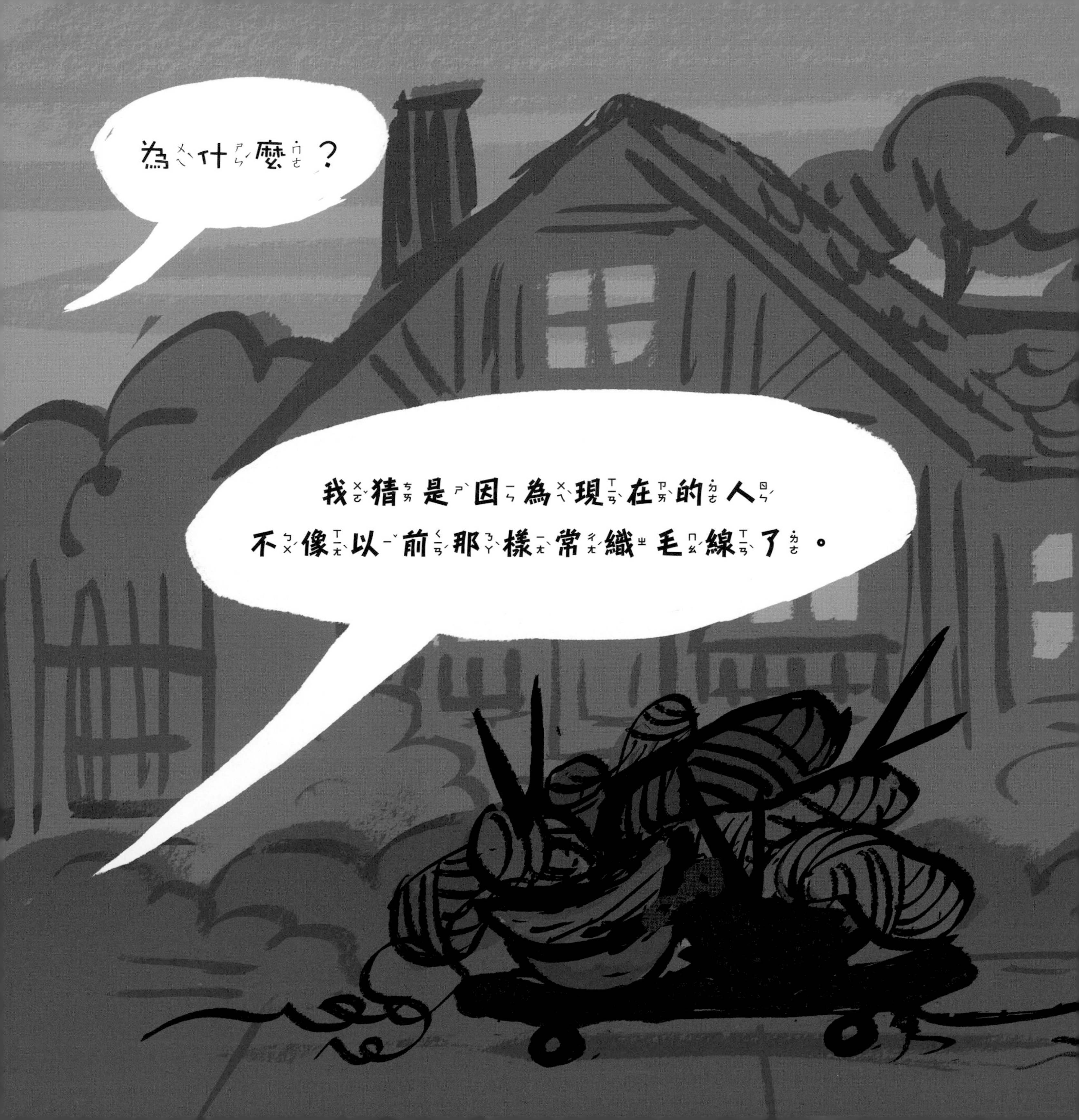
為什麼？
我猜是因為現在的人不像以前那樣常織毛線了。

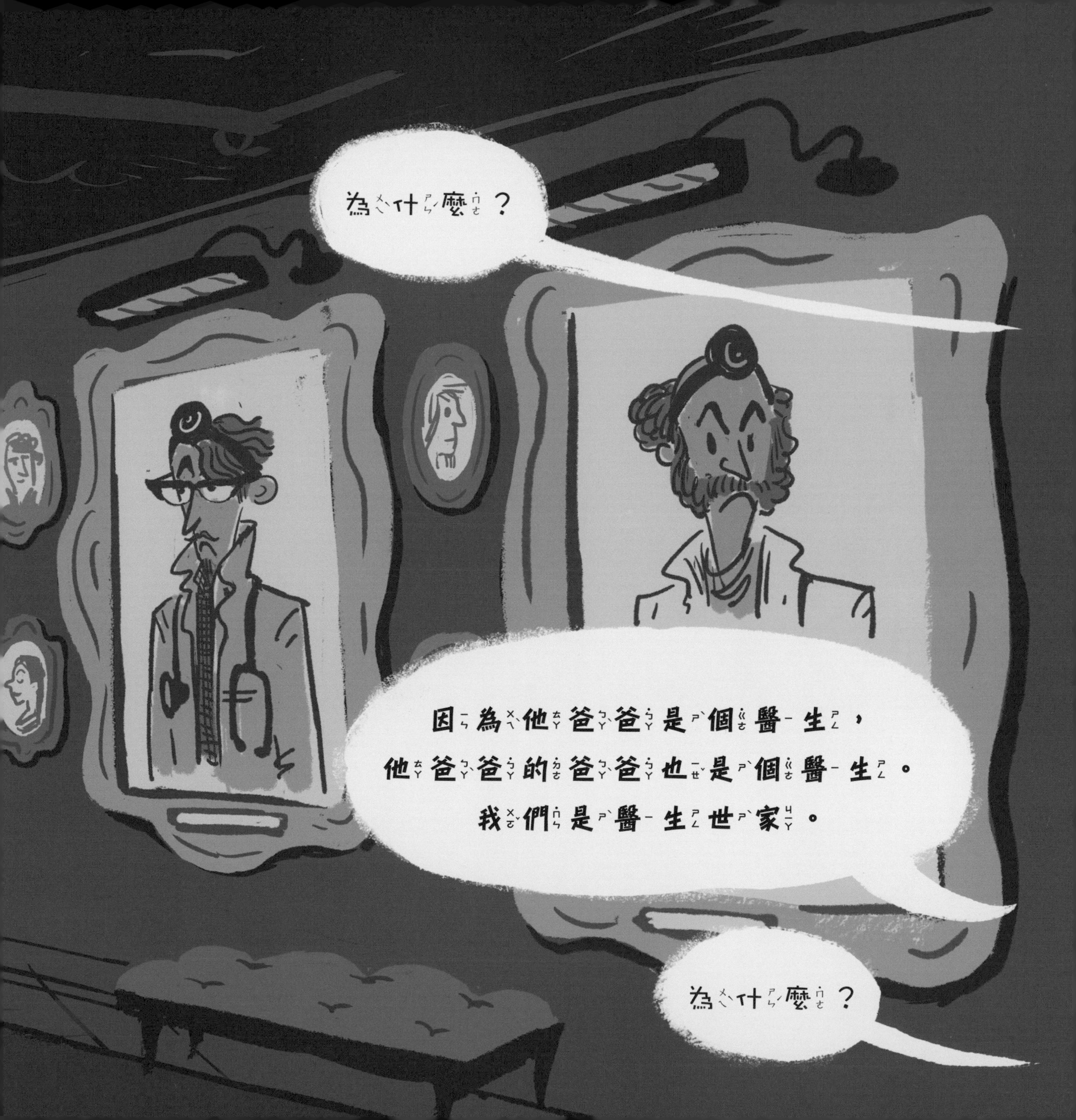
為什麼？
因為他爸爸是個醫生，
他爸爸的爸爸也是個醫生。
我們是醫生世家。
為什麼？

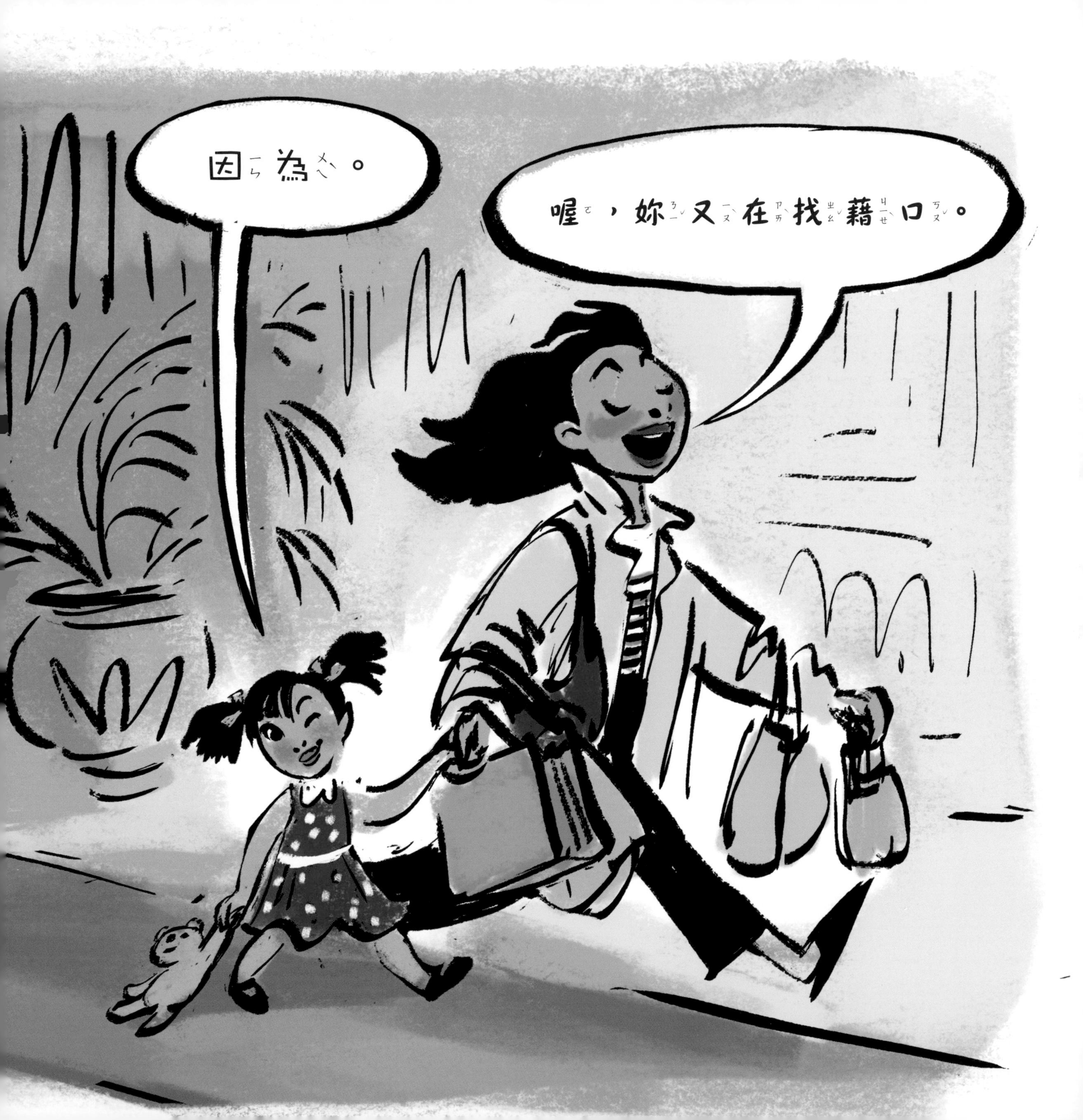
因為。
喔，妳又在找藉口。

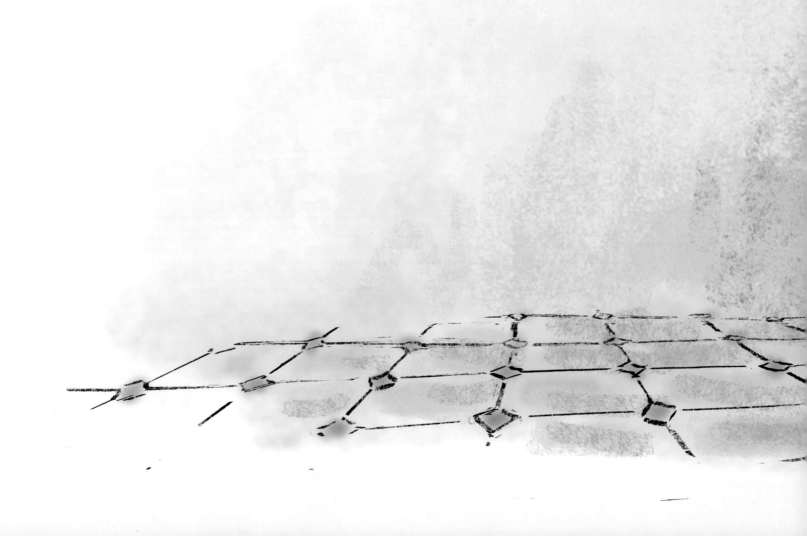

【導讀】 「為什麼？」——一個最單純卻也最根本的提問

游珮芸／國立臺東大學兒童文學研究所　副教授兼任所長

常聽人說，人生很複雜，一言難盡。從小到大，我們面臨大大小小、一次又一次的抉擇，就這樣一路走來，慢慢形塑了每個人獨一無二的生命故事。抉擇的背後，往往隱藏著環環相扣的機緣與情感糾葛；如果有一天驀然回首，驚覺自己完全悖離了當初的夢想，該怎麼辦？

這聽起來既嚴肅又沉重，但繪本《為什麼？》卻能用幼兒就能理解的幽默，加上誇張的動作片情節，來演繹這樣的主題。故事裡，一個「超級大壞蛋」撞破大賣場的屋頂，從天而降。他威脅所有人要滾蛋，否則就用X光衝鋒槍掃射。他的野心是「征服世界」！所有人都逃之夭夭，除了一個小女孩。她用純真的大眼睛注視著X光博士，不斷地問一個簡單的問題：「為什麼？」

「為什麼？」正是三、四歲的孩子最喜歡問的問題，也是常常讓大人窮於應付的問題。一開始，X光博士用冠冕堂皇的理由，回應了小女孩他為何想要征服世界。可是，當小女孩接二連三不斷問「為什麼？」，那三個字就像是透視人體的X光，直搗X光博士的內心，剝去一層層包裹在他脆弱、渴愛的心靈上的盔甲……終於，他重新看清自己真正的夢想，不是征服世界，而是成為一位編織藝術家。

繪本《為什麼？》的情節，顛覆了「大人是孩童的教育者」的刻板觀念。小女孩用最單純的提問，牽引出X光博士的心結，就像一面反璞歸真的鏡子，讓X光博士釐清自己的來時路。而小女孩不帶任何批評的傾聽，讓X光博士可以暢所欲言，才能慢慢道出自己不斷遇到挫敗的過往。每個人都希望成為自己人生故事的英雄，而英雄之路需要父母及親人的支持與肯定。X光博士無能繼承家業成為醫生，因此得不到父親的肯定，他想：「那麼，就來當個征服世界的大壞蛋吧！」當有人願意真心傾聽時，X光博士也才能自省，發現自己邏輯的謬誤，進而看見內心真實的渴望。

作者亞當・雷克斯是個點子大王，創作過許多受讀者歡迎的兒童文學作品，包括被夢工廠改編成動畫《好家在一起》的原著小說，還有《紐約時報》暢銷書榜上有名的繪本《剪刀石頭布傳奇》。他還是一位畫家，曾替尼爾・蓋曼等知名作家的文字配插圖呢！

至於圖像，則是由克萊兒・基恩擔綱。基恩畢業於巴黎高等平面藝術學院，曾擔任迪士尼動畫《魔髮奇緣》與《冰雪奇緣》的視覺設計，深諳動態影像的製作。她將這些技巧運用在繪本的構圖、角色的動作輔助線，以及翻頁的視角轉換；加上俐落流動的線條勾勒，讓本書讀起來，就像在看一部動畫電影。小讀者光看熱鬧，當作讀一個另類藝術風格的趣味故事，就值回書價了。至於身為大人的我們，肯定還能讀出多層次的人生況味。

【專文推薦】用心傾聽孩子的「為什麼？」

李佳燕／家庭醫師、親子教養作家

「媽媽，為什麼牛奶是白色的？」

「沒有為什麼，趕快喝就對了！」

「爸爸，為什麼你的腳會長毛？」

「沒有為什麼，你長大也會長啦！」

「老師，為什麼睡覺會流口水？」

「沒有為什麼，記得要把口水擦乾淨。」

孩子永遠有問不完的為什麼，而大人罕有能回答的能力與精力。讀完《為什麼？》，不禁羨慕書裡的小女孩可以問「為什麼」問到無止無盡，而自稱破壞力無窮的Ⅹ光博士，則成為無所不答的百應王。這真是一個可愛無比的搭配。

一個好動、不按牌理出牌，在大賣場亂跑、轉圈、倒立到肚臍都露出來的小女孩，遇到一個要用威力無比的Ⅹ光衝鋒槍統治世界的Ⅹ光博士。小女孩不但沒有嚇到躲在牆角尖叫，反而正面與Ⅹ光博士對話。不過，小女孩從頭到尾只問一句話：「為什麼？」而我們的博士，不像一般的大人，他認真地回答小女孩每一次的為什麼。

Ⅹ光博士說：因為他有很強的武器，因為他有天命、他有宇宙無敵的力量，他要統治世界。此時的他，囂張巨大又激動，甚至跳到桌上大吼；相反的，一直問為什麼的小女孩，卻坐在沙發上翻雜誌，或悠閒自在地靠在椅背上。隨著為什麼之後的自我解答，Ⅹ光博士吃著小女孩給的薯條，漸漸剖心坦肺，敞開受創的心靈：「世界對我一直都不公平……我老爸說我應該要更努力。我明明就有……」

接著，小女孩已經化身為心理醫師，要統治世界的博士躺在沙發上，成為被治療的對象：「沒有一個人了解我……我老爸也不了解我，他希望我當醫生……」博士瞬間成為一個倒著八字眉、苦著一張臉、身不由己的醫生之子，甚至抱著小女孩的玩具小熊。

在一連串「為什麼？」的質問之後，謎底終於揭曉：看起來兇惡無比的Ⅹ光博士，原來只是從「我們都只是走別人要我們走的路」的壓抑之中，迸發「現在換我來告訴大家該做什麼」的吶喊，期望能博得父親的誇讚，並能以他為榮。他只不過是想當一位在輸贏的競賽中，獲勝的那位英雄。

讀到這裡，才知道這本看似幻想的繪本，其實敘說著一個寫實無比的現象：許多父母無視孩子的興趣，只會逼迫他去讀書，以達成父母的願望。這本繪本以醫生世家為例，更是直搗核心。而許多孩子的生活目標，則是為了討父母歡心，期盼得到父母的讚賞。如此失去自我的一味追求父母的認同，造成多少悲劇與遺憾。

繪本總是帶給大人與小孩希望。透過仔細回答每一個「為什麼」，Ⅹ光博士找回了自己的初衷。最後一張圖畫，我們看到Ⅹ光博士愉快地坐在那裡編織，而且是受眾人景仰的。

記著下回孩子再問我們「為什麼」的時候，請放下手邊的忙碌，試著用心地回答，也許會擦撞出我們料想不到的火花喔！